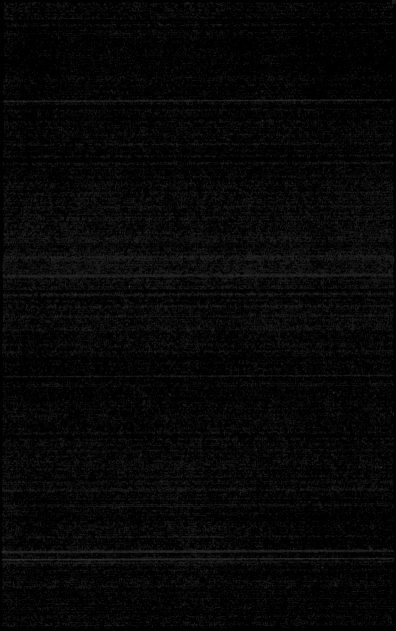

비상문

최진영 글×변영근 그림

미메시스

차례

내 동생 최신우는 3년 전에 열여덟 살이었고 지금도 열여덟 살이다.

내 동생은 자살했다.
이렇게 말하기는 싫다.
내 동생은 죽었다.
이 말만으로는 부족하다.
내 동생은 없다.
정말 없나? 없다고 할 수 있나?
뭐라고 말해야 할지 모르겠다.

보고 싶다. 최신우.

이 정도 말은 할 수 있겠다. 그리고 이렇게 말할 수도 있다.

최신우. 이 나쁜 자식.

가끔 형제 관계를 물어보는 사람들이 있다. 예전에는 〈동생이 있었다〉고 대답했다. 그렇게 말하고 나면 설명해야만 했다. 있다가 없는 것에는 설명이 필요하다. 설명하기 곤란해서 동생이 한 명 있다거나 혼자라고 대답하고는 죄책감에 짓눌리기도 했다. 거짓말 때문은 아니고, 사실 그건 거짓말도 아니고……. 미안했다. 동생을 애초부터 없었던 사람으로 만드는 것 같아서. 최신우는 있었다. 18년이나 살았다. 요즘은 고민하지 않는다. 웬만하면 대답하지 않고 꼭 대답해야 하는 경우에는 아무렇게나 말해 버린다. 뭔가 불공평하다는 느낌이고, 원망스럽다. 나는 살아 있으니까 계속 설명을 해야 하고 동생은…… 모르겠다. 자살은 주변인에게 죄책감과 원망을 함께 남긴다. 그런 죽음이 또 있을까.

징후도 없었고 유서도 남기지 않았다. 아주 사소한 메모 하나도 나오지 않았다. 남겼는데 알아보지 못하는 걸 수도 있다. 난 동생이 풀던 문제집이나 교과서를 하나도 버리지 않았고 요즘도 자주 들춰 본다. 거기 뭔가가 있을지도 모르니까. 교과서 귀퉁이에 적힌 짧은 메모라도 단서가 될 수 있으니까. 유서조차 남기지 않은 자살이라니. 고통스럽다. 살아 있는 모든 사람에게 복수하는 것만 같다. 우린 죽을 때까지 동생이 남긴 숙제를 풀어야 한다. 언젠가는 답을 알게 될까?

추락했다. 옥상에서 떨어졌다. 근데 그건 죽음의 이유가 될 수 없다. 왜 추락했는지 알아야 한다. 스스로 떨어졌다. 그 마음을 알 수 없다. 동생 마음을 매일 생각한다. 이건 내가 동생을 이해하려는 첫 시도이자 마지막 시도가 될 것이다. 내 동생은 누군가의 이해를 요구하는 그런 애가 아니었다. 살면서 한 번도 문제를 일으키지 않았다는 말이다. 가족과 친구들, 선생들 중에 최신우의 자살에 이유를 댈 수 있는 자는 단 한 사람도 없었다. 그건 그만큼 동생이 외로웠다는 말 아닌가. 하지만 동생이 내게 얘기했다

면, 뭐가 힘든지 어째서 살고 싶지 않은지 말했다면, 내가
위로를…… 했을까? 내가 그런 걸 할 줄 아는 인간인가?
화를 내지는 않았을까? 너보다 내가 더 힘들다고 면박을
줬을지도 모른다. 가장 끔찍한 경우는, 듣고도 들은 줄 몰
랐을 가능성. 동생의 말을 무시했을 가능성. 그랬을 것이
다. 함께 자라면서 숱하게 그랬으니까. 어쩌면 내게 신호
를 보냈는데 내가 알아먹지도 기억하지도 못하는 걸 수도
있다. 동생은 외로웠고 나는 아무 도움도 되지 못했다. 그
래서 나 또한 외롭다.

　　사고사나 타살일지도 모른다고 생각한 적도 있다. 그
런 생각에 집중하다 보면 화가 치밀었다. 그렇지 않다는
걸 너무 잘 아니까. CCTV에 다 찍혔으니까. 카메라에 찍
힌 동생의 동선대로 움직여 본 적이 있다. 동생은 혼자 걸
었고 혼자 건물에 들어섰고 엘리베이터를 타지 않았다. 동
생을 따라 계단을 올랐다. 층이 바뀔 때마다 비상문 표시
가 나타났다. 그 표시를 따라 계속 오르다 보니 정말 대피
하는 기분이었다. 그 끝에 희망이 있다는 표시 같았다. 끝
에 다다라 비상문을 열었다. 옥상이었다. 그다음엔?

옥상 난간은 가슴에 닿을 정도로 높아서 실수로 떨어질 가능성은 별로 없었다. 강한 의지를 갖고 난간에 배를 걸치고 다리를 올려야만 추락할 수 있었다. 난간에 올라서기 전에 동생은 잠시 멈췄다. 9분 57초 동안 허공을 응시했다. 생각했을 것이다. 생각을 하고도 뛰어내린 것이다.

한국은 세계적으로 자살률 1위 국가라는데 내 주변에 자살한 사람은 내 동생뿐이다. 다들 다치거나 아프거나 늙어서 죽던데 내 동생은…… 다쳤었나? 아팠던가? 근데 아무도 몰랐던 걸까? CCTV에 찍힌 신우는 미니어처 같았다. 아기 짐승 같았다. 어깨를 웅크리고 조금 빨리 걸었다. 한순간도 머뭇거리지 않고 건물 입구까지 갔다. 손가락을 화면 속에 집어넣고 싶었다. 엄지와 검지로 동생을 살짝 들어서 카메라 바깥으로 빼내고 싶었다. 그러지 마. 다시는 그리로 들어가지 마. 돌려세우고 걸어온 방향으로 등을 떠밀고 싶었다.

동생이 죽은 해 나는 재수 중이었고 그해 입시를 포기했다. 시험을 봤더라도 형편없는 점수를 받았을 것이다. 동생 때문은 아니다. 나는 어차피 공부를 못했다. 공부를

잘한다는 건, 이를테면 지도를 볼 줄 알고 지름길을 안다는 말이다. 그건 타고나는 재능이다. 나는 내비게이션이 가르쳐 주는 대로만 움직이는 사람이고, 길을 가르쳐 줘도 알아듣지 못하고 이상한 곳에서 헤매는 사람이다. 동생은 공부를 잘했다. 지도를 볼 줄 알았고 지름길을…… 그래서였나? 지름길이었던가?

동생에 관해서라면 좋은 의미로 시작한 말도 슬픈 방향으로 흘러 질문의 강에 빠져 버린다. 계속 내리막길이다. 9분 57초를 생각하면 괴롭다. 무슨 생각을 했던 거야, 대체.

사람마다 시력이 다르듯 존재의 어둡고 습한 부분을 유독 잘 보는 사람이 있을 것이다. 남들은 찾지도 못하는 얼룩에서 눈을 떼지 못하고, 남들은 듣고도 들은 줄 모르는 소리에 귀 기울이는 사람들. 감각이 그쪽으로 유별나게 발달한 사람들. 나는 신우가 그런 사람이었다고 믿는다. 신우는 내가 보지 못한 것을 본 것이다. 내가 듣지 못한 것을 들었고, 듣지 않은 것까지 알았을 것이다. 강렬하고 압도적인 그것에서 눈과 귀를 거두지 못했을 것이다.

신우가 죽어서 내 인생이 달라졌는가 생각해 볼 때가 있다. 모르겠다. 신우가 죽지 않은 삶을 내가 어찌 알겠는가. 우습게도, 그리고 끔찍하게도 나는 동생이 자살하지 않은 삶을 상상할 수 없다. 동생이 죽기 전으로 시간을 되돌려 어떤 식으로 상상해도 동생은 죽는다. 내가 화를 내거나 울거나 사정하면 동생은 죽지 않겠다고 나를 안심시키고 결국 죽는다. 〈최신우가 살아 있다면〉이란 가정이 불가능할 정도로 신우의 죽음은 단단한 뼈처럼 내 삶에 고정되어 버렸다. 숱한 판단과 선택 틈에서, 사람을 대하는 태도와 말과 행동과 때로는 구원의 문제에서 나는 늘 신우를 생각하고 신경 쓴다. 신우가 살아 있을 때는 전혀 신경 쓰지 않았다. 너는 네 인생 살아라, 나는 내 인생 살겠다, 그랬다. 신우는 성격도 좋고 공부도 잘하니까, 인정받으니까, 나보다 훨씬 폼 나게 잘살 거라고 믿었다. 내가 신우한테 관심을 두는 것 자체가 쓸데없는 참견 같았다. 신우가 죽고 나서야 내 인생에 최신우의 자리를 마련했다. 죽은 사람을 걱정하고 궁금해하는 것이다. 이제 와서 무슨 소용인가 싶지만…… 그래도 알고 싶다. 동생이 살아 있던 그때로 돌아갈 수 있다면 나는 무엇을 할 수 있을까. 동생은 답을 알고 있을까? 신우를 생각하지 않는 날이 없다. 장례가 끝나지 않는다.

*

1년 넘게 약국에서 아르바이트를 하고 있다. 제대하자마자 고시원비가 필요해서 무턱대고 시작했다. 나가야지, 나가야지, 여기서 나가야지 매일 생각하지만 그만두겠다는 말이 나오질 않는다. 약국에 앉아 있을 때 나는 묘한 안정을 얻는다. 아픈 사람들 속에서 감정이 낮아지고 차분해진다. 약국에서는 기운 없어 보여도, 씩씩한 척하지 않아도 괜찮다. 일하는 내내 마스크를 쓰고 표정을 가려도 아무도 뭐라 하지 않는다.

종합 병원 근처 약국이어서 손님이 끊이질 않는다. 청소하고 손님 받고 처방전을 입력하다 보면 하루가 몽땅 사

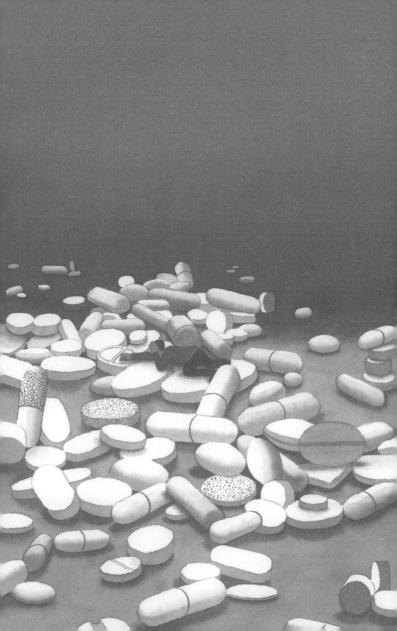

라져 버린다. 약 이름은 하나같이 어렵다. 또박또박 읽기도 힘들 만큼 헷갈리는 이름들. 그래도 나는 몇몇 약 이름을 외운다. 푸로작확산정, 산도스에스시탈로프람정, 아티반정, 트라조돈염산염, 자낙스정, 자나팜정, 리보트릴정, 알프람정, 졸피뎀…… 우울증이나 불면증을 앓고 있는 사람들은 주기적으로 병원에 들러 약을 산다. 의도치 않게 나는 그들의 얼굴과 이름을 모두 외워 버렸다. 약을 사야할 시기인데도 나타나지 않는 손님이 생기면 혼자 온갖 상상을 한다. 더는 약을 먹지 않아도 될 만큼 회복했으리라 생각하고 싶지만 상상은 매번 나쁘게 번진다. 살아 있으면 좋겠다. 약국에 다시 나타나면 좋겠고, 건강해진 거라면 저 통유리 밖으로 지나가는 모습이라도 볼 수 있으면, 살아 있음을 확인할 수 있으면 좋겠다.

내 얘길 듣고 반지는 약국 일을 그만두라고 했다. 그럴 수 없으면 무심해지라고 했다. 손님들 얼굴도 이름도 보지 말고 그들의 병을 알아차리지도 말라고 했다. 나는 반지에게만 신우 얘기를 한다. 반지도 그럴까? 어릴 때 반지와 나와 내 동생은 같은 초등학교와 성당과 미술 학원에 다녔다. 중학교를 졸업할 무렵 깨달았다. 내가 성경에 나오는 이야기를 전혀 믿지 않는다는 걸. 내겐 신앙심이 없다는 걸. 그래서 발을 끊었는데…… 성당에 계속 나갔어야 했나? 천국과 지옥과 연옥과 부활을 믿었어야 했나? 반지는 장례식에 왔었다. 멍한 표정으로 나를 보고 영정 사진을 보고 또 나를 보면서 이게 대체 무슨 일이냐고 자꾸 물었다. 그때 우린 그렇게 친한 사이가 아니었는데, 반지와 친하다고 생각해 본 적 없는데, 지금 친구라고 남아서 날 찾는 사람은 반지뿐이다. 동생이 죽은 뒤 안개가 걷히듯 친구들은 조용히 사라져 버렸고, 나는 사람과 친해지려고 애쓰지 않았다. 특별한, 소중한, 친한, 아끼는, 사랑하는…… 그런 존재가 없는 삶을 살고 싶다.

반지는 장례식 처음부터 발인까지 계속 머물렀다. 신우의 죽음을 믿을 수 없어서, 납득할 수 없어서 그랬던 것 같다. 반지처럼 장례식장을 떠나지 못했던 사람이 한 명 더 있다. 지은호. 신우와 은호는 유치원 다닐 때부터 친구였다. 중학교까지 같이 다니다가 다른 고등학교로 진학했다. 새 친구를 사귀고 적응하느라 1학년 때는 자주 연락하지 못했지만, 방학이나 연휴 때는 만나서 자전거도 타고 노래방도 가면서 잘 지냈다고 한다. 장례 첫날 밤 교복을 입은 채 달려온 은호는 장례식장 구석에 검은 비닐 봉지처럼 구겨져 앉아서 꼼짝하지 않았다. 장례 둘째 날에 은호 어머니가 찾아와 조문을 하고 은호에게 이제 그만 집으로 가자고 했다. 그 전까지는 울지도 않고 넋이 나간 표정으로 영정 사진만 쳐다보던 은호는 집으로 가자는 말을 듣자마자 울기 시작했다. 은호 어머니는 혼자 장례식장을 나서야 했다.

　납골당에서 나오는 길에 은호를 안아 주려고 했다. 고맙다거나 수고했다는 인사를 나누고 싶지는 않았고······ 가슴과 가슴을 맞대서 가슴의 정면을 보이지 않게 숨기고 싶었다. 그런 식으로 나 또한 누군가에게 잠시 안겨 있고 싶었다. 하지만 은호가 너무 외롭고 지쳐 보여서 다가서지 못했고, 겨우 악수만 청했다. 그날 이후 마음이 쓰여서 종종 짧은 안부를 묻게 되었다. 은호도 비슷한 마음인지 서너 달에 한 번씩, 잘 지내고 계세요? 물어 온다. 잘 지내라는 말 너머 더 깊은 이야기는 좀처럼 나눌 수가 없다.

장례를 치르는 동안 거의 울지 않았다. 일단 모든 게 거짓말 같았고, 꿈을 꾸는 것만 같았고, 슬픔은 죄책감에 짓눌려 기척도 내지 못했다. 눈물을 흘려야 할 순간에는 이상하게도 비실비실 웃음이 났다. 차라리 잘됐어, 잘된 거야, 그런 말이 머릿속을 맴돌았다. 대체 뭐가 잘됐다는 거야? 어째서 그런 생각이 들었던 거지? 울며 슬퍼하는 사람들에게는 연기하지 말라고 소리 지르고 싶었다. 태연한 사람들에게도 연기하지 말라고 행패를 부리고 싶었다. 장례식 내내 눈물을 비웃거나 비극에 심취하려는 내 안의 악마와 싸워야 했다.

입대한 다음에, 야간 보초 설 때 많이 울었다. 고요한 어둠을 마주하면 신우를 생각할 수밖에 없었다. 그때는 악마도 잠들어 나를 조롱하지 않았고, 우는 소리를 내서 누군가를 깨우지만 않으면 아무 방해 없이 오래 울 수 있었다. 신우야 왜 그랬어, 라고 백번 물어보다가 신우야 미안해라고 백번 사과하고, 이기적인 새끼 지독한 새끼라고 백번 욕했다. 까만 허공은 신우 대신 내 질문과 사과와 욕을 받아먹었다. 무섭게 무겁도록 짙어지던 밤.

반지는 작년에 간호사 국가 고시에 붙었고 내가 일하
는 약국 근처 종합 병원에 취직했다. 반지는 많이 봤을 것
이다. 살려고 병원에 왔다가 죽어 나가는 사람을. 반지는
종종 병원에서 난동 피우는 사람들 때문에 애먹는 얘기를
한다. 살고 싶어서, 살리고 싶어서 울고 고함치는 사람들.
반지는 하루에도 수십 번씩 〈정신 똑바로 차리자〉고 중얼
거린다고 한다.

사람 되게 쉽게 죽어. 반지가 말했다.

쉽게 죽지. 나는 반지 말을 따라 했다.

살리는 건 되게 힘든데. 태어날 때도 힘들게 태어나고.

힘들게 태어나고.

반지와 나는 자주 같은 말을 반복한다. 평퐁하듯 같은
말을 주고받다 보면 끔찍한 말도 점점 공허해진다. 의미는
사라지고 껍데기와 울림만 남는다. 모든 말을 죽은 단어로
만들 수 있다.

빛난다는 건 손실된다는 것.

반지가 의아한 눈빛으로 나를 쳐다봤다.

신우 문제집에 써 있었어. 물리 문제집에.

다시 말해 봐.

나는 신우의 문장을 소리 내어 외웠다.

그게 다야?

나는 고개를 끄덕였다. 반지는 그 말을 몇 번 반복해 중얼거렸다.

그래서 죽진 않았겠지.

내가 말했다.

빚이고 손실이고 그런 것 때문에.

그냥 쓴 거겠지.

⋯⋯충돌 시간이 길어지면 충격력이⋯⋯ 작아진다.

응?

그런 문장 바로 옆에 빚이 어쩌고 써놓은 거야. 이해 가 돼?

아무 의미 없을 것이다. 당연한 물리 법칙일 뿐이다. 신우는 문장을 읽고 이해하고 막힘없이 문제를 풀었을 것 이다. 그러던 어느 날 죽어야겠다고 마음먹은 것이다. 크 레바스 같은 그 간극. 헛디딘 게 아니다. 신우 스스로 뛰어 들었다.

반지와 나는 말없이 정면만 응시했다. 통유리 바깥으로 횡단보도가 보였다.

근데 뭐가 달라지나.

반지가 물었다.

왜 죽었는지 알면 뭐가 달라져?

물어 놓고 또 물었다.

모르지. 알게 된 다음에야 알 수 있지. 어쨌든 그다음으로 갈 수는 있을 거 아냐. 지금은 다음이 없잖아. 계속 같은 질문만 하잖아.

……나 며칠 전에 꿈을 꿨는데.

반지가 말했다.

깜깜한 2차선 길이었어. 도로는 직선으로 쭉 뻗어서 거리감이 없고. 길을 건너려는데 멀리 자동차 전조등이 보이는 거야. 노란 불 두 개가 나를 향해 달려오는데 속도를 가늠할 수가 없었어. 빠르게 달려오는 것 같은데 가까워지지도 않고. 나는 조마조마한 마음으로 길을 건널 타이밍을 노렸어. 자동차가 오기 전에 길을 건너려니까 아무래도 치일 것만 같고, 자동차가 지나기를 기다리려니 도무지 가까워지지 않는 거야. 답답하고 어쩔 줄 몰라서 화를 내는데 몸으로 표현이 안 됐어. 표정도 목소리도 몸짓도 내 맘대로 안 되는 거야. 그러다가 깼는데 신우가 생각났어.

왜?

몰라. 그냥 생각났어. 나는 꿈에서도 죽는 걸 무서워하는구나 싶어서 그랬나.

우리는 말없이 정면만 응시했다. 신호등 색깔이 바뀌자 사람들은 약속을 지켰다. 다들 죽음을 두려워하고 있었다.

죽고 싶었던 게 아니라…….

반지가 천천히 조심스럽게 말했다.

살 이유가 없었던 건지도 몰라.

나는 두 문장의 의미를 생각했다. 같은 말인가 다른 말인가 생각했다.

이유가 필요해? 넌 이유가 있어서 살아?

반지에게 물었다.

그런 걸 생각하는 사람들이 있어. 이유가 중요한 사람들.

반지는 작게 한숨을 쉬었다. 난 한숨 같은 것 절대 쉬지 않는다. 동생이 죽은 다음부터는 한숨도 안 쉬고 〈죽을래?〉, 〈죽고 싶다〉, 〈죽어 버려〉, 〈죽겠다〉 같은 말도 절대 안 한다. 신우는 그런 사람이었나? 이유가 중요한 사람? 어째서 삶에 이유를 붙이려는 거지? 새가 알을 깨고 날개를 펼치고 나는 법을 배우고 진짜 날고, 날아서 산과 강을 건너는 데 무슨 이유가 필요하단 말인가. 그런데…… 그렇다면, 신우의 죽음에 이유를 붙이려는 나도 이상한 건가. 죽음은 자연스러운가? 자살도? 자연스러우면 다 괜찮나?

횡단보도 너머에는 커다랗고 하얀 병원이 있다. 한여름에도 조금은 추워 보이는 곳. 죽음과 탄생의 순간이 한 건물에 뒤섞여 있는 곳. 약과 칼과 사람으로 위험해진 자가 약과 칼과 사람으로 살아나는 섬뜩하고도 경이로운…… 저승 같은 곳. 때로 나도 신우 꿈을 꾼다. 꿈에서 신우는 무언가를 찾으려고 혹은 피하려고 병원을 헤맨다. 신우를 찾아서 나도 헤맨다. 우리 둘 다 헤매면서 병원 복도를 질주한다. 추락하듯 질주한다. 비상문 표시등이 계속 나타난다. 꿈에서 깨어나면 신우가 밉고 살아 있는 내가 싫다.

*

　보름에 한 번씩 약국에 들러 약을 사가던 이재영 씨가 두 달 가까이 나타나지 않는다. 만 25세인 이재영 씨가 마지막으로 받아 간 약은 이팩사엑스알과 트라조돈. 병원이나 약국을 옮겼을 수도 있다. 약을 끊은 건지도 모르고, 건강이 회복되었을 수도 있다. 이재영 씨를 기다리고 싶지 않지만, 문이 열릴 때마다 혹시 이재영 씨가 아닐까 고개를 든다. 이재영 씨와 비슷하게 생긴 사람이 약국 앞을 지나간 것 같아서 일을 하다 말고 쫓아 나간 적도 있다. 퇴근길에 병원 장례식장에 들러 전광판을 확인하기도 한다. 대체 무얼 확인하기 위해? 내 안에는 악마가 산다. 걱정이라는 가면을 쓴 악마. 반지 말이 맞다. 약국 일을 그만둬야 한다. 아픈 사람들 틈에 있어도 될 만큼 나는 건강하지 않다. 이재영 씨는 늘 청바지를 입었고 운동화를 신었다. 날이 추워지자 감색 코트를 걸쳤고 사계절 내내 주황색 백팩을

냈다. 손님이 많아서 대기 시간이 길어지면 이재영 씨는 그 가방에서 책을 꺼내 읽었다. 이재영 씨는 늘 혼자서 약국에 왔다. 스마트폰을 오래 들여다보지도 않았고 통화도 짧게 끝냈다. 전화를 받으면 응, 아니, 그래, 알았어, 그 정도 말만 했다. 나는 이재영 씨와 전혀 친분이 없고 이재영 씨가 어떤 사람인지도 모른다. 그래도 이재영 씨가 죽지 않으면 좋겠다. 살아 있으면 좋겠다.

장례 치르고 내가 가장 먼저 한 일은 집을 나오는 것이었다. 부모님과 분리되는 것. 가까운 날짜로 입대 신청을 했다. 부대 배치를 받고 전화 통화가 가능해진 다음부터는 거의 매일 부모님에게 전화했다. 죽었을까 봐 무서워서. 엄마와 아버지는 20년째 사이가 좋지 않다. 두 사람의 불화는 집 안에 냄새처럼 배어 숨만 쉬어도 느껴졌다. 아주 건조하고 싸늘한 불화. 서로를 무시하고 깔보고 무참하게, 정말 무참하게 살아 있는 모든 것을 〈따위〉의 차원으로 끌어내리는…… 서로를 가장 하찮은 존재로 내팽개치려고 결혼한 두 사람. 신우가 죽은 뒤로는 더 심해져서 부모님의 대화를 잠깐이라도 듣고 있으면 대체 우리는 왜 살아 있는 건가, 절로 그런 생각이 든다. 자살한 동생이 현명하고 살아 있는 우리는 비굴한 겁쟁이 같다.

부모님의 불화 때문에 신우가 자살했으리라고 생각하진 않는다. 불화는 특별하지 않다. 나는 그 누구에게도 사이좋은 부모 이야기를 들어 본 적 없다.

이런 기억이 있다. 열다섯 살에, 겨울이었다. 저녁을 먹으면서 부모님은 계속 서로에게 신경질을 냈다. 뭣 때문에 그랬는지 기억나지 않는다. 분명 시시한 이유였을 것이다. 반찬이 짜거나 달다는 불평으로 시작했을지도 모른다. 오는 주말 결혼식에 축의금을 얼마 낼 것인가 얘기하다가 다툼이 번졌을 수도 있다. 언쟁이 쌓일수록 공기는 차갑고 팽팽해졌다. 두 사람은 필사적으로 서로를 깎아내렸다. 징그럽고 역겨운 불행의 냄새가 온몸에 들러붙는 것 같았다. 그때 나는 결심했다. 우리 가족의 저녁 식탁에는 아무도 초대하지 않으리라고. 어른이 되고 애인이 생기더라도 절대 이 식탁으로 끌어들이지는 않으리라고. 신우도 그런 생각을 해봤을까? 소리를 질러 두 사람 입을 틀어막고 싶

은 걸 간신히 참다가 실수로 유리컵을 떨어뜨렸다. 와장
창 깨졌는데, 그 소리를 들으니 그나마 숨통이 트였다. 부
모님의 다툼도 잠시 멈췄다. 그래서 일부러 밥그릇을 바닥
에 던졌다. 반찬 그릇도. 속이 시원했다. 부모님의 다툼을
끊어 내는 방법을 알아냈으니까. 냄비를 집어 들자 신우
가 내 팔을 잡았다. 신우는 울음을 참으려고 끅끅 소리를
내고 있었다. 비릿하고 부끄러운 감정이 목구멍으로 차올
랐다. 이 미친 자식. 어른 앞에서 이게 뭐하는 짓이야. 아
버지가 내 머리를 때리며 소리 질렀다. 그럼 당신들은 애
들 앞에서 뭐하는 짓이냐고, 부끄럽지도 않으냐고 말하고
싶었지만 입이 떨어지지 않았다. 나는 방에 들어가 점퍼를
입고 집을 나가 버렸다. 내가 나갈 때까지 신우는 끅끅 소
리를 내고 있었다. 그때 신우 발에서 피가 나는 걸 분명히
봤는데, 나는 끝까지 못 본 척했다. 그날 자정 넘어서야 집
에 들어갔다. 거실은 어두웠고 신우 방의 문은 닫혀 있었
다. 다음 날에라도 신우 발을 살폈어야 했는데 그러지 못
했다. 그날 그 식탁에서도 부모님과 나는 약간 미친 사람
같았고 신우만 정상이었던 것 같다. 깨진 그릇으로 엉망이

된 바닥은 누가 치웠을까. 여태 한 번도 그런 걸 궁금해한 적 없는데……. 설마 신우가 치웠을까?

그런 기억은 많다. 난 언제나 신우를 두고 집을 나왔다. 신우는 나를 따라 나오거나 먼저 집을 나가지 않았다. 그런 식으로 신우에게 부모님을 떠맡긴 건지도 모른다. 한 번이라도 신우를 데리고 집을 나갔다면 이야기가 달라졌을 수도 있다. 우리는 조금 더 가까워졌을 수도 있고, 신우는 내게 말했을지도 모른다. 좋아하는 것, 싫어하는 것, 갖고 싶은 것, 짜증 나는 것, 살고 싶은 이유와 죽고 싶은 이유에 대해. 신우는 라디오헤드Radiohead의 노래를 좋아했다고 한다. 반지가 알려 줬다. 난 전혀 몰랐다. 신우가 그런 노래를 들을 거라고 상상도 못 했고 또래 아이들처럼 아이돌을 좋아할 거라고 아주 편하게…… 아니, 그런 생각 자체를 하지 않았다. 나는 최신우에 대해서 아는 게 없고 궁금하지도 않았다. 그런데도 어떻게 슬플 수가 있지? 슬퍼하고 분노하는 내가 우습다. 진심으로 가소롭다.

신우 친구들은 따돌림이나 괴롭힘 같은 건 없었다고,

신우는 모두와 잘 지냈다고 했다. 그들은 신우가 활발한 성격은 아니었지만 우울한 성격도 아니었다고 했다. 말이 많지는 않았지만 없는 편도 아니었다고. 행동도 성격도 눈에 띄는 것 없이 적당했다고. 그들의 기억은 미지근했다. 신우의 특징 하나, 특별한 기억 하나 전해 주지 않았다. 나는 그들의 말을 믿지 않는다. 그들의 말에는 의미가 없다. 아무 말도 하지 않은 것과 같단 말이다. 남 말할 것 없다. 난 더 한심하니까. 어쩌면 난 신우의 다른 부분을 보지 않으려고, 기억하지 않으려고 애썼는지도 모른다. 불편하니까. 내가 기억하는 신우는 진짜 신우가 아니라 보고 싶은 대로 봤던 신우일 가능성이 아주 크다. 신우에 대해 상세하게 말할수록 신우는 진짜에서 점점 멀어지는 것만 같다. 조각나고 접히고 찢기고 훼손되는 것만 같다.

거만한 구석이 없지는 않았다. 마음만 먹으면 뭐든 해낼 수 있는 사람처럼 굴기도 했다. 법대 의대 그까짓 가려면 갈 수는 있어, 레벨이랑 간판이 중요하지 과가 뭐 중요해, 그런 말을 했었다. 엄마가 신우에게 너는 이과로 갈 거냐고 물어서 시작된 대화였다. 그때 나는 형편없는 수능

점수를 받아 놨었다. 우리는 등급으로 나뉘었고 나는 시장에 내놓지도 못할 등급이었다. 신우와 내가 같은 등급이기를 바란 적은 없지만…… 가끔 신우의 말이 거슬렸다. 나를 겨냥하거나 비웃는 말이 아니었음에도 그 말을 파고들어 가면 결국 나의 등급을 비웃는 말이 아닌가 의심되곤했다. 나는 열등감과 자격지심으로 똘똘 뭉친 불발탄이었고 신우는…… 신우도 똘똘 뭉쳐 있었다. 신우 말에 흐르던 기운이 있다. 불신이라고 해야 하나. 허무. 할 수 있지만 해봤자 소용없다는 걸 이미 다 알고 있다는 느낌. 신우가 말했었다.

어차피 다 비슷하게 살잖아. 의사든 검사든 교수든 회사원이든 부당하게 쪼이고 눈치 보고 라인 타고 재수 없으면 뒤집어쓰고 그런 거잖아. 제일 윗대가리가 아니면 소용없는데 윗대가리는 애초에 윗대가리로 태어나는 거잖아. 거기까지 가려면 온갖 더럽고 추악한 짓을 다 해야 하잖아. 형은 성공이 좋은 말 같아?

그럴 때 신우의 말투는 엄마 아빠와 비슷했던 것 같다. 내 속이 꼬여서 그렇게 들렸던 건지도 모른다. 신우는 믿지 않았다. 공평함, 경쟁, 기회 같은 개념을. 나 또한 그런 것들을 믿지 않았다. 믿지 않았기에 중요하게 여기지도 않았다. ……아니다. 신우는 너무 믿었다. 그 정의와 가치를 신뢰했기에 그렇게 말할 수밖에 없었던 거다. 공평하지 않은 것에 공평함이란 단어를 쓰는 것, 기회도 아니면서 기회라는 팻말을 내거는 뻔뻔함에 예민해질 수밖에 없었던 거다. 나는 원래 그렇다고 체념하는 것들을 신우는 따지고 들었다.

그 누구도 완벽한 원을 그릴 수 없어. 똑같은 원을 그리는 사람도 있을 수 없고. 하나하나 다르다고.

나는 신우의 불만을 알아들을 수 없었다.

그런데 대체 누가 누굴 평가해?

신우의 말은 그런 식으로 이어졌다. 나는 신우가 잘난 체한다고 생각했다. 겉멋이 들어서 알아들을 수 없는 말이나 하고 자기 아닌 모든 사람을 깔본다고. 어쨌든 좋은 대학 가서 나보다 잘살 인간이 재수 없게 군다고. 자기 결핍을 세상에 대한 비판으로 포장한다고. 신우 말이 틀렸다고 생각하진 않았지만…… 단 한순간도 신우 말을 긍정하며

들은 적 없다. 듣고 있기 불편했으니까. 내겐 그런 기억이 많다. 하지만 신우 친구들은 신우를 그런 식으로 기억하지 않았다. 부정적이었다거나 거만했다는 말, 전혀 하지 않았다. 죽은 사람에 대한 예의였을까? 하긴, 신우가 말했던 레벨, 간판 같은 말은 과거 내 친구들도 자주 했던 말이다. 신우 친구들도 그럴 것이다. 그런데도 나는 신우의 말에만 뒤틀렸다. 신우만큼은 그렇게 말하지 않았으면, 뻔하다고 생각하지 말았으면, 해봤자 소용없는 세계가 아니라 하면 소용 있는 세계라고 믿었으면 했다. 내 동생이니까.

지난여름에는 충동적으로 물어보고야 말았다. 서두 진 씨에게 그랬다.

뭣 때문에 그렇게 괴롭습니까?

신우에게 묻지 못한 것을 서두진 씨에게 물었다. 서두진 씨는 체격이 컸고 행동은 느렸다. 신우와 같은 나이였고 6개월 넘게 약을 먹고 있었다. 내 질문에 서두진 씨의 얼굴이 붉게 달아올랐다. 평소에는 내게 꼬박꼬박 존대를 하던 약사가 새파래진 낯빛으로 화를 냈다.

지금 뭐라는 거야? 미쳤어? 네가 뭐라고 그런 걸 물어봐? 네가 의사야?

나는 고개를 숙이고 서두진 씨에게 사과했다.

죄송합니다. 제가 실수했습니다.

서두진 씨의 표정이 일그러졌다. 느닷없는 질문과 사과에 당황하는 것 같았다. 아니, 모멸감이었을까……. 무례하게 내 상처를, 내 욕심을 타인에게 들이밀고 말았다. 나 때문에 서두진 씨가 죽을까 봐 무서웠다.

죄송합니다. 동생이 아파서, 동생 마음을 알고 싶어서 그랬습니다. 죄송합니다.

서두진 씨는 약을 받으며 손을 조금 떨었다. 결제하던 중에 서두진 씨와 잠시 눈이 마주쳤는데, 거기 아주 아름다운 호박색 행성 두 개가 있었다. 차고 맑고 고요한, 너무 잠잠해서 불안한 행성. 나가려고 몸을 돌리던 서두진 씨가 머뭇거리다가 내게 말했다.

저기, 동생한테는요, 그런 거 묻지 마세요. 설명하려다가 더 힘들어질 수도 있고 들어 봤자 이해하지도 못할 거니까.

그때 처음 서두진 씨 목소리를 들었다. 거의 속삭이듯 말했는데도 목소리가 쇠처럼 차고 단단해서 못으로 귀를 쑤시는 것 같았다. 서두진 씨가 유리문을 열고 나가자 저물녘 햇살이 곧바로 내 눈을 찔렀다. 신우가 추락한 시간. 내내 흐리다가 갑자기 구름이 걷히던 날, 태양이 하루치 빛을 한꺼번에 쏟아 내던, 쏟아 내며 급히 허물어지던 그 시간.

퇴근할 무렵 약사가 언성 높인 일을 사과했다. 나는 내 잘못이라고 대답했다. 동생이 있느냐고 약사가 물었다. 나는 고개를 끄덕였다. 동생은 무슨 약을 먹느냐고 묻기에,

죽었습니다.

말해 버렸다.

……미안해요.

아닙니다. 사과하실 일 아닙니다.

우울증이었어요?

모릅니다. 그조차 모르겠어요.

그럼 형은 괜찮아요?

질문을 이해하지 못해서 약사를 쳐다봤다.

동생이 그렇게 됐는데 형은 괜찮으냐고요. 심리적
으로.

저는 괜찮습니다.

괜찮지 않다고 생각하면서 괜찮다고 대답했다. 심리
적으로 나는…… 죽고 싶지 않았다. 이유 같은 건 없다.

서두진 씨는 보름 후 다시 약국에 왔고 약을 받아 갔
다. 오늘도 다녀갔다. 서두진 씨를 계속 볼 수 있어서 반갑
다. 반가워할 일이 아닌데도 반갑다. 이재영 씨는 오늘도
오지 않았다.

*

신우는 돈을 많이 벌고 싶어 했다. 담임 선생 말로는
희망 직업란에 부자라고 썼다고 한다. 그래서 야단을 쳤고
다시 쓰라고 했더니 이런 꿈이 차라리 낫지 않나요? 되물
었다고 한다. 교수가 되겠다, PD가 되겠다, 의사가 되겠
다, 그런 걸 꿈으로 가졌다가 죽어라 노력해도 안 되면 그

땐 어쩔 것이냐고. 근데 부자가 되겠다는 꿈을 가지면 시험이나 입사에 실패하더라도 다시 무슨 일이든 하게 되지 않겠느냐고. 선택의 폭이 아주 넓어지는 거 아니냐고. 선생은 신우에게 직업의식과 사명감과 인생의 참 의미를 말했다고 한다. 신우는 대꾸했다. 어째서 내 꿈을 부정해요? 왜 나쁘게 취급합니까? 어른들도 그렇게 말하잖아요. 부자 되세요. 대박 나세요. 그런 말을 좋은 말이라고 하잖아요. 그 말을 전할 때 선생의 표정을 나는 아직도 잊지 못한다. 모욕을 당한 표정이었다. 모욕감이 주름처럼 얼굴에 남아 고스란히 표정이 된 것 같았다.

돈은 부모님도 많이 벌고 싶어 했다. 언제나 더 큰 여유를 원했다. 그래서 그토록 싸웠는지도 모른다. 나는…… 모르겠다. 부자 같은 건 꿈도 꾸지 않는다. 뭐든 해서 먹고사는 것 이상은 생각할 수가 없다. 집과 자가용과 결혼과 양육, 노후…… 불가능한 이야기 같다. 내가 외워 봤자 아무 일도 일어나지 않을 마법의 주문 같다. 신우는 그런 것들을 생각해 봤을까?

돈 많이 벌고 싶다는 말은 들은 적 없는데.

반지의 기억이다.

다르게 살고 싶다고는 했어.

반지가 전하는 신우의 〈살고 싶다〉는 말을 더 듣고 싶었어.

신우는 가끔 자기 삶을 이미 한 번 살아 본 사람처럼 말했어. 이것저것 하고 싶은 게 많지만 그런 바람이 결국 자기를 불행하게 할 거라고.

반지는 확실히 나보다 더 많은 이야기를 들었다. 말투부터 달랐을 것이다. 반지에게 말할 때 신우는 내가 모르는 말투와 표정이었을 것이다. 은호에게 물어보면 또 다른 대답을 들을 수도 있겠지만…… 은호에게 신우 얘기를 물어볼 수는 없다. 은호를 때리는 말이 될 수도 있다. 은호가 먼저 신우 얘기를 꺼낸다면 모를까.

우울증이었다고 생각하는 거야?

반지가 물었다.

상황을 너무 안 좋게 보는 성향은 있었던 것 같아서.

신우가 신중해서 그래. 겁이 많아서.

겁이 많은 사람이 자살을 해?

나도 모르게 언성을 높였다. 반지가 놀란 표정으로 나를 봤다.

……누구도 죽일 수 없어서 결국 자기를 죽이는 사람도 있어.

반지 목소리가 조금 떨렸다. 나는 두 손으로 머리를 감싼 채 신우를 생각했다. 누구를 죽이고 싶었던 건가 생각했다. 반지는 나와 표현이 달랐다. 나는 부정적이라 했고 반지는 신중하다고 했다. 신중한 사람이 자살을 하나. 너무 신중하면 그럴 수도 있나. 신우는 과도하게 생각이 많았다. 쓸데없이 머리가 좋았다. 반지는 어째서 신중하다고 표현하는 거지. 그래서 나를 더 고통스럽게 하는 거지.

너는…… 그런 편견을 버려. 신중한 사람은 그럴 리 없다는 편견 같은 거. 그러지 않으면 평생 이해 못할 수도 있어.

반지가 말했다. 편견을 버린 내가 나일 수 있나. 내가 그릇을 깨고 집을 나가고 부모님에게 날을 세울 때, 신우는 겁이 많아서 가만있었던 건가. 하지만 나도 그랬다. 겁이 나서 그랬던 거다.

그럼 너는 이해한다는 거야? 신우를?

반지에게 물었다. 공격하듯 물었다.

……이해가 아니라.

반지는 말을 골랐다.

……그게 아니라 이해는 아닌데.

손거스러미를 잡아 뜯으며 신중하게 말을 골랐다.

……나도 죽고 싶을 때가 있고.

손톱 밑에 빨간 피가 맺혔다.

그렇지만 무서워하는 거야. 근데 신우는 그걸 했잖아. 죽음보다 더 무서운 건 뭐였을까 생각하면 마음이 아프고. ……근데 나는 죽고 싶지는 않아. 그래서 더 아픈 거야. 왜냐면 나는 아직 사는 게 좋고 살아 있어서 좋다고 느낄 때가 있는데 신우는 왜 그랬을까 그 생각을 하면.

반지가 단어를 고르고 골라 어떤 말인가를 하면 내 마음도 바로 그렇다는 것을 깨닫게 된다. ……실은 알고 싶지 않은지도 모른다. 겨우 그 정도 일로…… 라고 생각할까 봐 두렵다. 때로는 죽은 자를 앞에 두고 자, 어디 한번 나를 이해시켜 봐라, 그것 말고 다른 이유를 대봐라, 나를 설득시켜 봐라, 유세를 떠는 것만 같다.

별일 아니다.

어쨌든 죽는다. 부모님도 나도 죽는다. 신우는 조금 일찍 죽었을 뿐이다.

자살이 어때서. 자기를 죽이는 게 뭐 어때서. 다들 조금씩은 자기를 죽이면서 살지 않나? 자기 인격과 자존심과 진심을 파괴하고 때로는 없는 사람처럼, 죽은 사람처럼, 그러지 않나? 그렇게 사는 게 죽는 것보다 끔찍할 수 있다. 그럼 죽을 수 있지. 죽는 게 뭐 이상해. 자살이라고 달라? 남을 위해 죽을 수 있다면 자기를 위해 죽을 수도 있지. 자기를 구원하는 방법이 죽음뿐인 사람도 있지.

괴로운 마음을 누르려고 이런 생각을 할 때도 있다. 기만이란 것을 잘 알고, 그런 기만으로 나를 보호하려는 내가 끔찍하다. 나는 영영 최신우의 자살을 이해하지 못할 것이다. 마찬가지로 신우도 나를 이해하지 못할 것이다. 죽지 않고 사는 나를. 신우가 살아 있을 때도 그랬다. 우린 각자 살았다. 형제라고 다를 것 없었다. 오히려 형제여서,

가족으로 묶여 버려서 신우는 내게 더 말을 아꼈을 것이다. 나도 그랬으니까. 같이 부모님 욕이라도 할 걸 그랬다. 같이 가출이라도 할 걸. 같이 사고를 치고 같이 욕을 먹고 같이 벌을 받을 걸. 우린 잘못한 게 없다고 끝까지 반항할 걸. 그렇게 같이 어른이 되어야 했다.

　신우가 아직 살아 있을 때, 토요일 밤이었다. 수능이 얼마 남지 않은 때였는데, 공부하면 할수록 그동안 얼마나 공부하지 않았는가를 확인하는 꼴이어서, 답답해서, 후회 가득해서, 밤늦게까지 PC방에서 롤플레잉 게임을 하다가 집에 들어간 날이었다. 신우는 불 꺼진 거실에서 텔레비전을 마주하고 앉아 있었다. 텔레비전에는 예능 프로그램이 나오고 있었고, 볼륨은 들리지 않을 정도로 낮았다. 프로그램에 출연한 연예인들이 무릎을 꿇어 가며 웃었는데 신우는 웃지 않았다. 기대앉은 채 잠든 줄 알았다. 텔레비전을 끄려고 리모컨을 찾다가 신우가 눈을 껌벅이는 것을 봤다. 잔 거 아니야? 물어도 신우는 대답하지 않았다. 욕실에서 간단히 씻고 나왔을 때 신우는 다른 채널을 보고 있었다. 맛집을 찾아다니는 프로그램이었다. 커다란 전골냄비에 엄청나게 많은 것들이 뒤섞여서 펄펄 끓고 있었다. 연예인들은 입을 크게 벌리며 음식을 먹었다. 〈맛있다〉는 단어를 쓰지 않고 〈맛있다〉를 표현하는 백일장이라도 펼쳐진 것처럼 각종 비유와 수사가 자막에 나타났다. 볼륨을 죽이고 화면만 보고 있자니 맛있는 것을 먹어서 행복한 표정이 아니라 괴로운 표정 같았다. 벌을 받는 것만 같았다. 불을 삼키고, 연기를 삼키고, 시궁창을 삼키는 것만 같았다. 그때 생각이 자주 난다. 텔레비전 빛을 받아 번쩍번쩍하던 신우의 얼굴. 아무것도 느껴지지 않던 그 얼굴. 맛있는 것을 먹으며 괴로워하는 것 같던 연예인들의 표정. 그때 신우에게 무슨 말이라도 해야 했다. 말을 걸어 싸우게 되더라도 너와 내가 같이 있음을 확인해야 했다. 시간을 되돌린다면 난 무슨 말을 할 수 있을까. 신우는 그때도 자살을 생각하고 있었을까?

죽지 마. 신우야, 죽지 마.

왜?

신우는 당황하지도 않고 대꾸한다.

왜 죽으면 안 되는데?

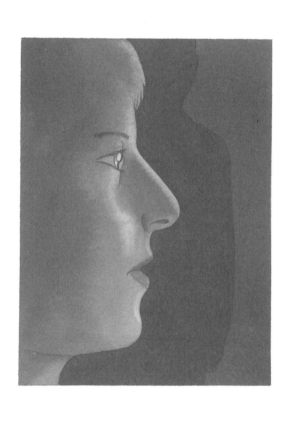

아직 그 이유를 찾지 못했다. 난 최신우의 자살을 막을 수가 없다.

네가 죽으면 내가 너무 괴로워.

나는 괴로워도 괜찮고?

죽지 마. 아깝잖아. 너무 아까워.

죽으면 어차피 없는 인생, 뭐가 아까워.

너는 잘 살 수 있어.

잘 사는 게 뭔데.

너는 행복할 수 있어.

다들 행복하려고 안달이지. 난 그게 끔찍해.

신우야, 죽지 마. 일단 살아. 그럼 다 잘될 거야.

무책임한 소리. 형이 내 미래를 알아?

너도 모르잖아. 모르는데 왜 죽어.

난 알아.

어떻게 알아. 뭘 알아. 네가 신이야?

형은 보면서도 모르지. 인간 진짜 징그러워.

수없이 상상한다. 상상 속에서 나는 늘 신우에게 진다. 신우를 설득하지 못한다. 신우는 확고하고, 내가 모르는 말을 한다. 죽고자 마음먹은 자에게 죽지 말라는 말이 무슨 소용 있는가. 사람은 특별하거나 다르지 않다. 고양이나 물고기나 화분, 장난감이나 청소기처럼 높은 데서 떨어지면 깨진다. 길을 걸을 때면 나는 매번 그런 상상에 시달린다. 사람들이 높은 건물 여기저기서 뚝 뚝 뚝 뚝 추락한다. 경쟁하듯 추락한다. 상상을 떨쳐 낼 수 없어 미칠 것 같다. 한 번도 말한 적 없지만 나는 최신우를 무척 좋아했다. 우리는 형제여서 비교될 때가 많았고, 형이 되어서 동생보다 어쩌고저쩌고 소리를 많이 듣긴 했지만, 그래도 나는 신우가 좋았다. 자랑스럽고 든든했다. 내가 조금 모자라게 살아도 신우가 있으니까 괜찮아, 그런 생각을 했었다. 신우도 그랬을까? 내가 죽어도 형이 있으니까 괜찮아, 그런 생각? 했어도 괴롭고 하지 않았어도 괴롭다. 신우를 미워하지 않기 위해 신우의 자살을 이해하려는 것인지도 모른다. 미워하고 싶지 않다. 욕이라도 해주고 싶다. 죽지 말았어야 했다.

*

은호에게 잘 지내느냐고 문자를 보냈다. 반나절 지나
도록 답이 없어서 불안하다. 전화를 걸고 싶지만, 그런 식
으로 내 목소리를 듣게 하는 건 침범처럼 느껴진다. 은호
는 신우의 자살에 대해 아무 말도 하지 않았다. 장례식 내
내 그랬고 이후에도 왜 자살했느냐고 묻지 않았다. 예의를
차리는 거라고 생각했는데, 내 마음이 나쁜 쪽으로 기울
때는 혹시 은호는 알고 있는 것 아닐까, 알아서 입을 다물
고 있는 것 아닐까, 나도 알고 있다고 은호가 착각하는 것
아닐까, 나도 알고 자기도 아니까 그것에 대해서는 말하지
않아도 된다고 오해하는 것 아닐까……. 그런 생각들이
엎질러진 약통의 알약처럼 쏟아진다. 그럴 때는 통화 버튼
을 누르지 않으려고 스틸녹스를 먹는다. 그때만 벗어나면
되니까. 잠들었다가 깨어나면 차분해지고 차가워지니까.
언젠가는 물어보게 될까? 어떤 말이든 두렵다. 은호가 이
유를 안다고 해도, 모른다고 해도.

퇴근길에 답장을 받았다.

저는 괜찮아요. 형도 잘 계시죠?

언제나 같은 대답. 〈요즘 많이 바빠?〉란 문장을 썼다가 지웠다. 〈감기 조심해〉란 문장을 썼다가 지웠다. 〈근처올 일 있으면 연락해〉라고 썼다가 지웠다. 〈신우에 대해서 아는 대로 말해 줘〉라고 썼다가 지우는데, 다시 문자가왔다.

저 다음 달 22일에 입대해요. 그 전에 인사드리러 갈게요.

은호가 입대하면 스틸녹스를 먹지 않아도 될 것이다. 참을 필요가 없어진다. 군대 가서도 은호가 내게 연락을할까. 제대 후에도 안부를 주고받을 수 있을까. 은호는 언제든 사라질 수 있다. 나를 모른 척할 수 있다. 은호가 입대하기 전에 물어봐야 할까. 나는 신우를 이해하기 위해 은호에게 안부를 묻는 것인가……. 아니다. 그게 전부는 아니다. 은호를 걱정하는 마음이 있다. 은호와 반지는 신우가 두고 간 사람들. 내 인생에 들어올 이유가 없는데도 들어왔고, 아주 중요한 사람이 되어 버렸다. 신우는 죽으면서 나를 바꿨다. 중요한 것, 두려워하는 것, 나의 꿈, 내 기억과 미래의 성질을 모두 바꿔 버렸다. 반지는 어떨까. 신우가 죽어서 반지도 바뀌었나?

난…… 친구를 잃었고 친구를 얻었지.

반지가 말했다.

신우는 자기한테 너무 엄격했던 것 같아. 때로는 자기를 증오하는 것처럼 보이기도 했고. 자기가 한 말이나 행동 같은 걸 문장으로 적어서 매일 들여다보는 사람처럼 자세하게 기억하고 괴로워했지. 근데 요즘은 그런 생각도 들어. 그 정도로 자기를 세세하게 들여다볼 정도면 증오한 게 아니라 너무 사랑한 거 아닌가.

반지는 내가 모르는 말을 했다. 나는 신우의 그런 면을 전혀 모른다.

남들에게는 먼지인데 신우에게는 바위인 일들이 신우 마음에 가득 쌓여 있었던 것 아닐까……. 그런 게 늘 신우를 휘감고 있었던 것 같아.

그런 거?

반지는 머뭇거리다가 말했다.

수치심 같은 거. 모르겠어. 더 적당한 말을 찾을 수가 없어. 장례 끝나고 얼마 지나지 않아 그 단어가 떠올랐고 계속 따라다녀. 신우 아니었더라면 내가 그 단어를 어떤 식으로 만났을까. 예방 주사처럼 그 단어를 미리 놔주고 간 것 같아, 신우가.

수치심. 아는 단어인데도 모르는 단어 같았다. 신우와 수치심을 나란히 두고 신우를 부르듯 수치심을 불렀다. 수치심은 아름다운 단어. 신우와 어울리지만 신우와 만나서는 안 되는 단어. 어쩌면 정말 아무것도 아닌 일로 죽었을지도 모른다. 남들은 기억도 못하고 신경 쓰지도 않는 그런 일로 자기를 괴롭히다가 죽여 버렸는지도. 반지는 정말 신우를 많이 생각한다. 나날이 새로운 것을 꺼낸다. 나도 많이 생각하는데 늘 제자리를 맴돈다. 죄책감에 사지가 묶여 움직이질 못한다. 신우는 고등학교 입학하면서 기숙사 생활을 했다. 주말에야 집에 오곤 했는데 난 주말에 거의 집에 붙어 있지 않았다. 우리는 전화나 문자를 주고받지도 않았고 집에서 가끔 마주치면 왔냐, 자라, 그 정도 말만 나눴다. 그게 말이었나? 한때 우리는 가장 가까웠다. 늘 붙어 있었고 같이 놀았다. 같이 야단맞고 같이 먹었다. 그 시절이 너무 멀고 짧다. 내가 멀어지는 동안 반지는 가까

위졌다. 반지 말을 들어 보면 반지와 신우는 아주 각별했던 사이 같다. 그래서 반지가 내 걱정을 하고 내 옆에 남아 있는지도 모른다. 좋아했던 건가. 그럴 수도 있겠다는 생각이 들었다. ……혹시 좋아했어? 반지에게 물었다. 신우를? 반지가 되물었다. 좋아했지. 지금도 그렇고. 반지 대답은 너무 간단했다. 좋아한다는 말이 광범위하게 느껴져서 다르게 물었다. 그냥 좋아하는 거 말고 다른 거, 사랑 같은 거. 반지가 나를 물끄러미 쳐다보다가 대답했다.

네가 모르고 있는 줄은 몰랐네.

둘이 사귀었다고?

그런 건 아니고.

그럼 신우도 알았어?

뭘?

네가 좋아하는 거.

모르겠어.

네가 모르면 누가 알아?

갑자기 화가 났다. 우리는 어째서 모르는 것이 이렇게 많단 말인가. 온통 짐작뿐이란 말인가. 최신우 없이 우리만 남아 이게 다 뭐하는 짓이란 말인가.

모르지. 아무도. 신우 마음을 어떻게 알아. 신우라
고 자기 마음을 다 알았을 것 같아? 넌 그래? 네 마음을 다
알아?

모른다. 모르지만, 그렇지만 적어도 죽고 싶지는 않
다. 신우는 자기 마음을 알아서 자살한 거 아닌가? 그런 확
신도 없이 어떻게 자기를 죽일 수 있지?

신우한테 말 안 했어?

뭘?

좋아한다고.

내 친구랑 신우랑 만났었어.

신우가 네 친구랑 사귀었다고?

응. 잠깐이지만.

그 얘길 왜 이제 해?

갑자기 꺼낼 얘기도 아니잖아.

너는 신우 좋아했다며.

그게 중요해?

그럼 뭐가 중요해?

어쨌든 죽었어. 죽겠다는 마음을 바꿀 수 없었던 거야. 너도, 나도, 가족들, 친구들, 신우의 모두. 아무도 없었던 거야. 그 사실보다 중요한 게 있어?

말했어야지. 좋아한다고. 죽지 말라고.

나는 마치 반지가 고백하지 않아서 신우가 죽었다는 듯이 말했다. 반지를 원망했다.

야, 이 미친놈아.

반지가 어이없다는 듯 자리에서 일어나며 나를 욕했다.

내가 알았어? 죽을 줄 알고도 가만있었어? 내가 말했다고 신우가 안 그랬을 것 같아? 내가 뭔데. 내가 걔한테 뭔데.

우린 서로 나쁜 말을 주고받았다. 신우가 왜 죽었는지 알고 싶어서 시작한 대화인데도 화난 말이 뒤섞이자 신우는 어쨌든 죽었을 사람이 되어 버렸다. 짐을 내려놓고 싶은데 짐은 자꾸 더해진다. 알 수 없는 것들이 눈처럼 쌓인다. 얼어서 녹지도 않고 우리를 조심하게 하고, 너무 조심하느라 서로를 보지 못하게 하고, 자기 발끝만 보다가 길

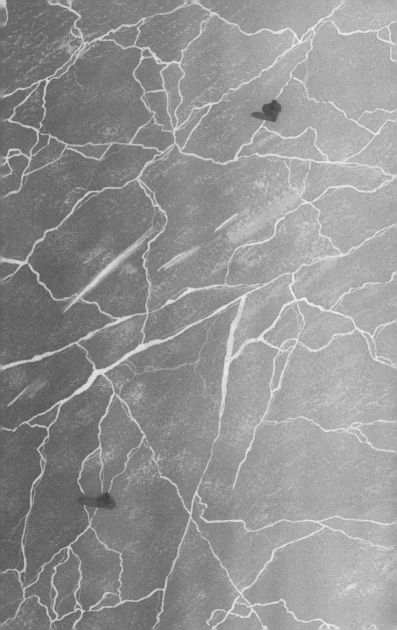

을 잃게 만든다. 입술을 너무 물어뜯어 피 맛이 났다. 반지는 화를 내고 나를 욕하면서도 먼저 떠나지 않았다. 나는 그 마음을 안다. 나도 먼저 떠날 수 없으니까. 그럼 부모님은? 부모님도 그런 마음인 건가? 최신우는? 어째서 먼저 가버렸지?

지쳐 버린 우리는 한참을 말없이 허공만 쳐다봤다. 모든 것, 그만하고 싶었다. 뇌를 씻어 버리고 싶었다.

정신 차리고 가서 맥주나 사 와.

반지가 기운 없이 말했다. 나는 반지가 시키는 대로 했다. 정신을 차리고, 맥주를 사러 갔다. 반지는 신우를 좋아했고 신우는 반지의 친구와 사귀었고 나는 신우에게 라면 먹을래?라는 말 한마디 건네는 데도 인색한 형이었다. 신우와 술 한 번을 같이 못 마셨다. 반지는 신우와 맥주를 마셔 봤다고 했다. 신우가 중학교 졸업할 때 딱 한 번. 취할 정도는 아니고 각자 한 캔씩. 술을 어디서 구했느냐고 물었더니 우리 집 마트 하잖아, 하고 반지가 대꾸했다. 난 정말 아는 것도 없으면서 사람들이 죽을까 봐 걱정만 한다. 걱정을 진통제처럼 소비한다.

언제부터 좋아했는데.

반지에게 물었다.

계속 괜찮은 애라고 생각은 했지.

근데 좋아했다며.

사귀고 싶다, 그런 건 아니었어. 그냥…… 한순간이
있었던 거지.

그러니까 그게 뭔데. 언젠데.

같이 비를 맞아 주더라고. 혼자 맞는 것보다는 덜 쪽
팔리잖아, 그러면서.

비를? 왜? 우산이 없었어?

…….

말을 좀 제대로 해봐.

됐어. 혼자만 알고 싶은 것도 있는 거야.

그럼 결국 아무도 모르는 게 되잖아.

말로 하면 아무것도 아닌 것처럼 되어 버리는 게 있다
고. 내겐 빛나는데 남들에겐 아무것도 아닌 그런 거.

그런 기억이라면 내게도 있다. 어릴 때 신우와 늦게
까지 공 차면서 놀다가 떡볶이랑 어묵 사 먹고 따뜻해지던 기억. 자전거 타고 성당 가던 일요일 아침에 본 커다란 새. 엄마가 목욕탕 가라고 준 돈으로 같이 PC방 가서 카트라이더를 했던 날. 라면에 처음으로 소시지와 만두를 넣어서 끓여 먹고 그 맛에 서로 놀라던 어느 겨울밤. 까만 밤 집에 가던 길에 횡단보도에서 우연히 신우를 만난 적도 있다. 그때 우리는 서로를 보고도 모르는 사람처럼 인사도 하지 않았는데, 그런데 집까지 나란히 걸어갔다. 교복 바지에 두 손을 찔러 넣고 각자 이어폰으로 음악 들으면서. 가을바람이 좋았다. 빨갛게 물든 단풍이 보석처럼 예뻤다. 초등학교 다닐 때, 수업 시간에 창밖을 보면 때로 신우네 반 아이들이 운동장에서 피구나 축구를 하고 있었다. 나는 3층 창문에서 까만 머리통만 보고도 바로 신우를 찾아낼 수 있었다. 어릴 때는 같이 잤다. 누워서 손가락으로 그림자를 만들며 놀았다. 신우가 늑대나 토끼 얼굴 그림자를 만들면 내가 주먹으로 몸통을 만들었다. 신우는 새를 제일 잘 만들었다. 신우가 새를 만들면 보탤 것이 없어서 나도 새를 만들어 새 두 마리가 되었다. 눈이 가득 쌓인 날 담벼락으로 밀어붙인 눈을 같이 파내서 이글루를 만든 적도 있다. 우리는 발 크기가 비슷해서 운동화도 같이 신었다. 세뱃돈 받으면 돈을 합쳐 비싼 운동화를 사서 공동재로 만들기도 했다. 그 운동화 때문에 서로 맘 상한 일도 많았는데…… 지금은 어디 있는지 모르겠다. 양말도 구분 없이 신었다. 아니, 이건 잘 모르겠다. 나는 구분 없이 신었는데 신우는 그러지 않았는지도. 그래서 짜증이 났는데도 참았는지도. 아니면 내게 짜증을 냈는데 내가 잊었는지도. 모르겠다. 너무 많다. 그런 기억은. 반지의 기억과는 의미가 다르겠지만 어쨌든 내게도 빛나는 순간들이다. 누군가에게 말하기에는 너무 아무것도 아닌 일인데 내게는 특별하고, 사진처럼 저장되어 자꾸 들여다보게 되는 기억들. 그런 순간들이 쌓여 나는 최금도가, 내 동생은 최신우가 되었다. 그러니까 아무것도 아닌 일은 절대 아닌 것. 이제 더는 쌓일 기억이 없다. 최신우는 나와 함께 어른이 되어야 했다. 자기 미래를 알 수 있는 방법은 하나뿐. 미래를 없애는 것. 미래를 거부하는 것. 신우는 그렇게 했다. 신우는 우주처럼 맑았다. 신우의 손톱은 늘 깨끗했고, 신우는 리모컨을 알코올로 닦았다. 신우의 옷차림은 단정했다. 신우는 절대 운동화를 꺾어 신지 않았다. 신우는 입이 더러워진다고 욕도 하지 않았다. 신우가 울 때는 파도 소리가 났다. 신우가 웃을 때는 여름 나무 같았다. 그런 신우는 없어졌다. 하지만 우주에서 완벽하게 없어지는 건 불가능하다. 어른 아니라 다른 것이 되었을 것이다. 빛 같은 것? 빗물 같은 것? 신우는 다른 것이 되고 싶었나? 빛과 빗물은 무수하고 최신우는 하나뿐인데 어째서? 태양과 달은 낮과 밤에 보이지만 한 공간에 있다. 행복도 불행도 한 공간에 있고 그것이 유난히 잘 보이더라도, 우리는 굳이 그것을 보지 않아도 된다. 그것 아니라도 별은 무수히 많다. 세상은 점점 더러워지고 엉망진창이 될 것이다. 네가 어디 있고 내가 어디 있는지 모르도록 복잡해지고 어지러워질 것이다. 그게 우주의 법칙이니까. 그런 세상을 같이 살면 좋았잖아. 네가 거기 있어서 내가 여기 있다고 서로의 방향을 헤아려 주면 좋았잖아. 너를 보면서 나를 확인할 수 있으면, 같이 비를 맞았으면 좋았을 거잖아. 신우가 원한 게 이해였을까? 이해 이전에 필요한, 다른 게 있지는 않나? 나는 신우를 이해할 수 없다. 그러니까 무조건 살아 달라고 애원할 것이다. 옥상에 신우와 같이 있었다면, 그럼에도 신우의 추락을 막을 수 없다면, 그럼 나도 뛰어내릴 것이다. 이제 나는 아니까. 살아서 기억하고 질문하고 상상하다 끝내 맞서는 삶이 어떤 건지. 최신우가 그런 삶을 살아 버리라고 내가 먼저 뛰어내릴 것이다. 끔찍하지? 끔찍하잖아. 하지만 신우는 이미 그런 삶을 살았는지도 모른다. 신우가 어떤 삶을 살았는지 나는 모른다. 죽음은 삶의 끝인가? 끝이 아니라 그저 다른 것인가? 모르겠다. 최신우는 여기 없다. 우연히 만날 수도 없다. 길에서 만나고도 서로 모르는 사람인 척, 하지만 각자의 음악을 들으며 함께 집으로 걸어가던 그때처럼, 우리 더는 그럴 수 없다. 죽음은 그런 것이다. 모르는 척조차 할 수 없는 것.

형, 단풍이 빨갛게 물드는 거 왜 그런지 알아?

가을이잖아.

노폐물이야.

뭔 소리야.

노폐물이라고.

뭐라는 거야.

나무가 죽어 가면서 배출하는 오물을 보고 사람들은 아름답다고 관광하고 사진 찍고 그러는 거라고.

야, 너는 좀.

한창 살아 있을 때, 푸를 때는 왜 아름답다고 하지 않지?

말을 알아듣게 해.

푸를 때는 왜 덥다고 짜증만 내냐고.

여름은 덥고 더우면 짜증나지. 당연하잖아.

다 푸르니까 모르지 사람들은. 살아 있는 그 함성을. 시끄럽다고.

야, 최신우, 너도 그래.

내가 뭐.

시끄럽다고.

…….

너도 푸르고.

…….

아름답고.

…….

하루만 더 살아 줘.

뭐 달라진다고.

제발, 하루만.

다를 게 뭐냐고.

어떻게든 찾아볼게, 내가.

뭘 해, 형이.

살아야 하는 이유를. 너한테 꼭 필요하다면.

왜 자꾸 두리번거려. 또 누굴 찾는 거야.

반지가 내 팔을 잡으며 물었다. 사람들 속에서 나는 자꾸 이재영 씨를 찾았다. 이재영 씨가 나타나면 나는 다시 누군가를 기다릴 것이다. 살아 있음을 확인하려고 할 것이다.

> **❝ 매우 사랑하면서도 겁내는 것이다.**
> **이 삶을. ❞**

최진영

「비상문」의 이야기는 어디서, 어떻게 시작되었나?

〈그만 살고 싶다〉는 바람에 걸려 넘어질 때가 있다. 넘어지면 바로 일어나지 못하고 주저앉아 한참을 울어야 일어날 수 있다. 나이 들면 괜찮아질까 덜 넘어질까 기대했는데, 나이 들수록 더 깊이 넘어지고 일어날 때마다 겸연쩍다. 삶과 죽음 말고 다른 것은 없는가 중얼거리면서 시스템 종료 대신 다시 시작을 누르는 순간들. 매일 생각한다. 매우 사랑하면서도 겁내는 것이다. 이 삶을.

작가 본인이 생각하는 이 이야기의 중심은 어디인가?

이해할 수 없다는 것. 아직 모르겠다는 것. 하지만, 그래서, 당신이 살아 있으면 좋겠다는 것. 잠깐이라도 눈을 붙이고, 끼니를 챙기고, 최선을 다해 자신을 돌보며 같이 찾아보자는 것.

어떤 장면이 가장 마음에 남는가?

신우와 금도의 대화. 소설이어서 가능한 장면이니까. 그중에서도 〈다들 행복하려고 안달이지. 난 그게 끔찍해〉라는 신우의 말. 그 문장을 쓰기 직전까지 내 안에는 그와 비슷한 문장도 없었다. 최신우가 내게 전한 말이라고 생각한다.

최근의 화두는?

언제나 나에 대해 가장 많이 생각한다. 내가 저지른 잘못, 부조리, 위선, 몰상식과 몰염치, 뻔뻔함과 잔인함. 부끄러움. 그럼에도 포기할 수 없는 것들, 사랑하는 사람들, 아름답고 소중해서 나를 외롭게 하는 그들, 죽어서도 포기하지 않을 이 마음. 그것은 고스란히 소설이 된다.

변영근의 일러스트를 보고 본인이 생각했던 이미지와 어떻게 같고 어떻게 달랐나?

시린 파랑이 아니라 따뜻한 파랑이라고 느꼈다. 인물에 깃든 곡선은 부드럽고 서글펐다. 응시하고 등 두드려 주고 다시 네 길을 가라, 춥고 무서워도 걸어라, 떠미는 것 같았다. 노트북 화면이나 인쇄된 작은 종이 말고 캔버스에 그려진 진짜 그림을 보고 싶었다. 가까이서 그 깊이까지 보고 싶었다.

그림 작품이 계기가 되거나 영감이 된 적이 있는가? 꼭 소설 작업이 아니더라도 동서고금 막론하고 같이 일해 보고 싶은 일러스트레이터나 화가가 있다면?

어긋나는 대답일 수 있지만, 상상해 본다면, 빈센트 반 고흐에게 편지를 받고 싶다. 그의 편지를 받는다면 좀 더 용기를 내서 나의 일을 사랑할 수 있을 것 같다.

소설을 쓸 때 중요하게 생각하는 것이나 본인만의 원칙이 있다면?

내게 필요한 소설을 쓴다. 무슨 글을 써야 할지 알 수 없을 때면, 지금 내게 필요한 소설이 무엇인가 생각한다.

작가 인터뷰

최진영에게 〈소설〉은 무엇인가?

잘하고 싶은 것. 나는 욕망이 별로 없는 사람인데 소설은 잘 쓰고 싶다. 소설을 생물이라고 가정한다면, 소설에게 잘 보이고 싶다. 소설을 실망시키고 싶지 않다. 하지만 꽤 실망시켰다. 그런데도 아직 곁에 있다니 고마울 뿐.

〈소설〉은 현시대에 어떤 힘을 지니고 있다고 생각하는가?

현시대는 너무 크고 추상적이고 괴물의 입 같고 때로는 허상 같아서, 뭐라 대답해야 할지 모르겠다. 어쨌든 내게는 힘이 세다. 소설은 나를 삶 쪽으로 끌어당긴다.

단편 소설의 장점은 무엇일까?

원고료를 빨리 준다. 원고료를 받으면 한 달 정도 살 수 있다. 한 달 살면서 다음 소설을 생각할 수 있다. 졸작을 발표하더라도 소설집으로 묶을 때 개작하면 된다는 헛된 희망으로 잠시나마 안도할 수 있다.

소설을 쓸 수 없는 상황이 닥친다면 어떤 식으로 〈이야기〉에

대한 욕구를 표현할 수 있을까?

이야기 욕구는 없는 편이다. 나는 가끔 오해를 살 정도로 말이 없고, 이야기를 지어내는 재미로 소설을 쓰진 않는다. 소설을 쓸 수 없다면…… 진짜 그런 상황이 닥치면 그때 생각해 보겠다.

이 책을 〈테이크아웃〉한다면 어떤 공간과 시간으로 이 책을 가져가고 싶은가?

어디로도 가져가고 싶지 않다. 지금까지 출간된 책들처럼 책장 구석진 자리에 꽂아 두고 외면하고 싶다. 고마워, 미안해, 하지만 어쩔 수 없어, 우린 여기까지야, 중얼거리며 다음 소설을 향해 걸어가겠지.

" 하얗고 순수한 부분을
끄집어내고 싶었다 "

변영근

이제까지의 작업을 보면 서정적이고 차분한 이미지와 함께 서사가 담겨 있다. 이야기를 먼저 생각하고 그림을 그리는지 그 반대인지, 작업 방식이나 순서가 궁금하다.

긴 호흡의 그림책들은 단 한 장면에서 시작한다. 그 한 장이 심장이라면 나머지 그림들로 뼈대를 세우고 살을 붙여 나간다. 뼈와 살을 어떻게 꾸밀지는 많이 고민하지 않는다. 되도록이면 완성되었을 때 전체적으로 보기에 아름다웠으면 좋겠다고 생각한다.

「비상문」을 읽고 가장 먼저 떠오른 이미지는?

음식을 먹다가 남겨진 식탁의 풍경이나, 텅 빈 방 안에 홀로 돌아

가는 선풍기, 주인을 기다리는 고양이 같은, 어떤 사건이 끝나고
난 뒤에 남게 되는 허무함 같은 것들이 떠올랐다.

가장 마음에 남는 장면은?
⟨신우는 우주처럼 맑았다…⟩고 회상하는 형의 독백이 가장 기억
에 남는다.

표현하기 어려웠던 장면이 있는가?
아주 현실적으로 표현해야 될 것 같은 상황과 약간 추상적으로 표
현해야 하는 상황 간의 균형을 맞추는 게 어려웠다. 전체적인 느
낌을 어느 쪽에도 치우치지 않게 하는 데 중점을 뒀다.

컬러를 파랑으로 선택했다. 어떤 점을 표현하고 싶었는지?
겨울, 시린 마음. 파란색을 선택하였지만 반대로 하얀색이 눈에
띄게끔 표현하고 싶었다. 이야기 속에서 하얗고 순수한 부분을 끄
집어내고 싶었다.

요즘 관심을 두고 있는 주제나 생각이 있나?

대화할 때 손동작, 감정을 표현하는 몸짓들, 얇게 읊조리는 단어들.

그림의 아이디어는 어디서 어떻게 나오는가?

일로 하는 그림들은 무작정 생각한다. 어떤 것도 참고하지 않으려고 노력한다. 개인 작업들은 뮤직비디오나 영화 클립들을 모아 놓은 데에서 영감을 많이 얻는 편이다.

수채화의 매력이 있다면?

불확실성과 긴장감 같은 게 좋다. 아주 어려운 그림들을 그릴 때는 몇 번이고 채색 계획을 수정한다. 완벽하게 계획을 세우고 시작해야지 그에 걸맞게 채색이 된다. 어떨 때는 채색하는 시간보다 준비하는 시간이 더 길 때도 있다.

문학 작품을 읽으면서도 영감을 얻는지 궁금하다.

책보다는 차분히 생각할 수 있는 자연을 보는 것이 좋다. 외부에서 자극을 받기보다는 내부에서 무언가를 끌어내려고 노력하는 편이다.

같이 일해 보고 싶은 문인이 있다면?

항상 주변에 있는 친구들과 같이 일하고 싶다. 서로에게 자극이 되고 같이 성장해 나가는 게 좋다.

그림을 그릴 수 없는 상황이 닥친다면 어떤 식으로 〈그림〉에 대한 욕구를 표현하겠는가?

잘 모르겠다. 음악을 좋아하는데 아주 재능이 없다. 항상 뮤직비디오를 만들고 싶다는 생각을 하고 있다.

최진영

2006년 실천문학 신인상을 받으며 작품 활동을 시작했다. 장편 소설 『내가 되는 꿈』, 『이제야 언니에게』, 『해가 지는 곳으로』, 『당신 옆을 스쳐간 그 소녀의 이름은』, 『끝나지 않는 노래』, 『나는 왜 죽지 않았는가』, 『구의 증명』, 『단 한 사람』과 소설집 『겨울방학』, 『팽이』가 있다. 한겨레문학상, 신동엽문학상, 백신애문학상, 만해문학상을 수상했다. 2022년 『현대문학』 9월 호에 발표한 단편 소설 「홈 스위트 홈」으로 2023년 제46회 이상문학상 대상을 받았다.

변영근

일러스트레이션과 만화의 경계에서 작업하는 일러스트레이터이다. 여러 권의 독립 출판물을 만들었다. 그림이 필요한 다양한 매체와 협업하고 있다. 지은 책으로 그래픽노블 『낮게 흐르는』이 있다.

TAKEOUT 10

비상문

글 최진영 **그림** 변영근 **발행인** 홍예빈 · 홍유진 **발행처** 미메시스

주소 경기도 파주시 문발로 253 파주출판도시

대표전화 031-955-4000 **팩스** 031-955-4004

홈페이지 www.openbooks.co.kr **email** mimesis@openbooks.co.kr

Copyright (C) 최진영, Illustration Copyright (C) 변영근, 2018, *Printed in Korea.*

ISBN 979-11-5535-140-6 04810 979-11-5535-130-7 (세트)

발행일 2018년 9월 1일 초판 1쇄 2023년 10월 10일 초판 8쇄

이 도서의 국립중앙도서관 출판예정도서목록(CIP)은 서지정보유통지원시스템 홈페이지 (http://seoji.nl.go.kr)와 국가자료공동목록시스템(http://www.nl.go.kr/kolisnet)에서 이용하실 수 있습니다. (CIP제어번호: CIP2018025676)

미메시스는 열린책들의 예술서 전문 브랜드입니다.

테이크아웃은
단편 소설과 일러스트를 함께 소개하는
미메시스의 문학 시리즈입니다.